# Tambi
## Novelle

# Ferdinand von Saar

# I

Vor Jahren hatte ich mich entschlossen, einen Winter auf dem Lande zu verleben, und zwar deshalb, weil ich in meinen Arbeiten zurückgeblieben war und Ruhe und Sammlung benötigte. Ich begab mich also im Spätherbst auf ein herrschaftliches Gut, dessen Besitzer mir seit Jahren befreundet. Er selbst war von dort, wo er einen Teil des Sommers zugebracht, mit seiner Familie nach Italien abgegangen; ich aber bezog ein kleines Nebengebäude des Schlosses, wo ich mich sehr bald wohnlich eingerichtet hatte. Meine Fenster gingen nach zwei Seiten hin. Auf der einen blickte ich in den Park, auf der anderen lag die Landschaft mit einem Teil des Dorfes vor mir. Eine echt mährische Gegend. Unübersehbare Felder, auf welchen noch hin und wieder Rüben und Kartoffeln standen; sanft ansteigende Hügel, dunkle Nadelholzwälder – und das Ganze von einem Eisenbahndamme und einem kleinen, trägen Flüßchen durchschnitten und durchschlängelt.

Während der ersten Zeit meines Aufenthaltes war ich viel im Freien. Ich ließ mir einen alten Gaul satteln, der im Stalle der Wirtschaft den Gnadenhafer genoß, und ritt im sanften Strahle der letzten Oktobersonne nach den umliegenden Höfen und Ortschaften; oder ich durchstreifte, die Jagdflinte über die Schulter gehängt, die lautlosen Wälder, bis sie endlich von Novembernebeln zu triefen anfingen – und ich mit einem leidenschaftlichen Rucke meine Tätigkeit aufnahm. Nun verließ ich, mit Ausnahme regelmäßiger Morgenspaziergänge, das Haus nicht mehr – und als der Weihnachtsschnee auf den Feldern lag, da war ich auch mit einer Arbeit zu Ende gekommen, die mir schon lange das Herz beschwert hatte und auf deren glückliches Vollbrachtsein ich am Silvesterabend ein Glas selbstgebrauten Punsches leeren konnte.

Auch den Neujahrstag wollte ich in meiner Weise festlich begehen. Es war in jenem Jahre ein äußerst strenger, aber prachtvoller Winter, und gerade damals gab es das köstlichste Wetter. Der Himmel war durchsichtig blau, und soweit das Auge reichte, glitzerten die weißen Kristalle. Ich beschloß, nach einem alten, verfallenen Bergschlosse zu wandern, das etwa zwei Wegstunden entfernt lag und eine herrliche Rundsicht über das Land eröffnete. Ich hatte diese Rundsicht schon mehrmals im Sommer genossen, wollte aber nun auch ihre winterlichen Reize kennenlernen.

Nachdem dies geschehen war und ich genug der reinen, aber auch schneidenden Luft, die dort oben wehte, eingeatmet hatte, machte ich mich wieder auf den Heimweg. Mittag war schon vorüber; müde und hungrig geworden, fiel ich in die nächste Dorfschenke ein, die sich mir darbot. Es war ein elendes Wirtshaus, nur durch einige Hobelspäne gekennzeichnet, die nach Landessitte über dem Tore hingen. In der Gaststube saßen einige Bauern bei trübem Bier; auch drei Wandermusikanten waren da, die ihre Blechinstrumente vor sich liegen hatten und vielleicht später zum Tanze aufspielen sollten. Der Wirt aber, bei dem ich ein notdürftiges Mahl bestellte, wies mich zuvorkommend über den Flur in ein kleines Nebenzimmer, in welchem nur ein einziger, länglicher Tisch stand.

An diesem Tische, mit dem Rücken gegen die Wand, saß ein städtisch gekleideter Mann und schien zu schlummern; wenigstens hatte er das Haupt auf die Arme gelegt, die verschränkt auf der Tischplatte ruhten. Neben ihm auf der Bank lag ein brauner Hund, der bei meinem Eintritt kurz anschlug.

Der Mann hob den Kopf, faßte mich ins Auge – und starrte mich an, so wie ich ihn. Dieses runde, blaß aufgeschwemmte Gesicht, das jetzt allmählich von einer fahlen Röte überzogen wurde, kam mir so bekannt vor, daß ich unwillkürlich ausrief: »Wie? *Sie* sind es, Herr – Herr –« Ich rang vergeblich nach einem Namen, der mir entfallen war.

Der andere zögerte sichtlich, diesen Namen auszusprechen. Endlich sagte er mit leiser, stockender Stimme: »Bacher, wenn ich bitten darf – Johann Bacher.«

»Richtig – Herr Bacher! Das nenne ich ein überraschendes Zusammentreffen!« Dabei setzte ich mich ihm gegenüber und deutete kurz die Gründe an, die mich für diesen Winter hierher geführt. »Aber wie kommen *Sie* in diese Gegend?« fuhr ich fort.

»Sie ist ja eigentlich meine Heimat«, erwiderte er, noch immer sehr verlegen; »denn ich habe in der nächsten Kreisstadt, wo mein Vater ein kleines Amt bekleidete, das Licht der Welt erblickt. Seitdem bin ich freilich auch an anderen Orten herumgekommen. Gegenwärtig aber bin ich Kanzlist bei dem Notar in...« Er nannte einen größeren Marktflecken, der, noch zu dem Rayon der Herrschaft gehörend, eine starke Wegstunde von meiner Behausung entfernt an der Landstraße lag.

Doch eh ich hier fortfahre, muß ich vorerst weiter zurückgreifen.

Vor ungefähr einem Dezennium hatte man wieder einmal ein dichterisches Genie, einen modernen Shakespeare entdeckt, von welchem man erwartete, daß er die Wiedergeburt des deutschen Dramas einleiten werde. Ein bisher gänzlich unbekannter, in Wien lebender Autor hatte nämlich eine Tragödie erscheinen lassen, die das Bedeutendste sein sollte, was seit vielen Jahren in dieser Richtung geschaffen wurde; ja ein gewisser Ästhetiker, der sonst fast alle Erscheinungen der neueren Literatur mit Stillschweigen zu übergehen liebte, verstieg sich in einem plötzlichen Anfall von Begeisterung zu dem Ausspruche: das Werk könne - wenn überhaupt - nur mit dem Macbeth oder dem Lear verglichen werden.

Was nun mich selbst betraf so legte ich auf dies alles kein besonderes Gewicht. Ich hatte schon damals lange genug gelebt, um zu wissen, wie wenig in der Regel hinter einem solchen pausbäckigen Lobe zu suchen sei. Ich hielt das Ganze für eine mehr oder minder glänzende Seifenblase, wie ich deren schon manche hatte aufsteigen und platzen gesehen. So trug ich denn auch gar kein Verlangen, das in Rede stehende Drama kennenzulernen, bis mich endlich das dringende Ersuchen einer mir befreundeten Dame, welche aufstrebende Talente mit schönem Eifer und auch nicht ohne ein gewisses Verständnis zu fördern pflegte, dazu vermochte. Mit Mißtrauen und Mißbehagen nahm ich das Buch zur Hand - mit großem Interesse und stellenweisem wirklichen Genusse las ich es zu Ende. Hier hatte sich in der Tat eine nicht gewöhnliche Begabung und, was noch mehr sagen wollte, ein selbständiger Geist ausgesprochen, der sich allerdings an dem großen Briten herangebildet, aber - einige geringfügige Formanklänge abgerechnet - keineswegs in Nachahmung verfallen war. Nicht so glücklich stand es mit der Komposition des Stückes. Denn diese erwies sich sehr unzulänglich, gleichsam als Nebensache behandelt. In einzelnen Szenen kam allerdings lebendige und auch gewandte dramatische Kraft zur Geltung; allein gerade dort, wo sie sich zeigen sollte und mußte, fiel sie aus oder schlug vielmehr mitten in der Steigerung in eine weichliche Schwäche um, die mir mit der Natur des Dichters selbst im Zusammenhange zu stehen schien. Alles in allem: ein mangelhafter, aber berechtigter dramatischer Versuch. Ich teilte meine Ansicht der Dame mit und fügte schließlich hinzu, daß der Verfasser unter allen Umständen aufmunternde Teilnahme verdiene; wie hoch jedoch seine Begabung anzuschlagen und wie weit diese entwicklungsfähig sei, das könne erst die Zukunft lehren.

Ich sah, daß meine Meinung keine vereinzelte blieb. Denn man begann schon allmählich von verschiedenen Seiten sich in ähnlicher Weise, wenn auch nicht ganz so wohlwollend, zu äußern. Ein damals allmächtiger, auch in literarischen Dingen tonangebender Theaterdirektor hatte überdies das Werk von der Bühne zurückgewiesen, und zwar mit der Bemerkung, die er ähnlichen Erzeugnissen gegenüber stets auszusprechen liebte: er führe das Stück im Interesse des Autors nicht auf; der solle ihm nur ein neues und besseres schreiben.

Dieses aber ließ auf sich warten; ja es tauchte sogar die Behauptung auf, daß Hans Bacher – so nannte sich oder so hieß vielmehr der Dichter – nie wieder ein Stück zustande bringen werde. Dasjenige, womit es ihm gelungen war, einiges Aufsehen zu erregen, habe er schon vor vielen Jahren verfaßt, und seit dieser Zeit trage er sich mit einem zwar großartigen, aber völlig undramatischen Stoffe, an welchem er sich sozusagen geistig aufzehre. Dabei kamen auch nach und nach, wie das so zu gehen pflegt, mißgünstige Urteile über die Persönlichkeit des Autors selbst zum Vorschein. Er sei ein Autodidakt, hieß es, und über das bildungsfähige Alter längst hinaus; dabei sei er träge und hochmütig – und vor allem tadelte man, daß er eine zwar unbedeutende, aber immerhin das Leben sichernde Beamtenstelle aufgegeben, um sich ganz der Dichtkunst zu widmen, wobei er, wie so manches andere halbe, sich selbst überschätzende Talent vor und nach ihm, unfehlbar seinen Untergang finden müsse.

Es fügte sich in jener Zeit, daß ich mich bei dem erwähnten Theaterdirektor an einem seiner gewöhnlichen Empfangsabende einfand, wo man stets mit einer Anzahl von Künstlern und Schöngeistern beiderlei Geschlechtes zusammentraf. Es waren diesmal gerade sehr viele Leute zugegen, so daß sich der nicht allzugroße Salon überfüllt zeigte. Nachdem ich mit dem Hausherrn, der in einer Runde von Herren und Damen saß, den üblichen kurzen Gruß ausgetauscht hatte, zog ich mich mit einem zufällig anwesenden näheren Bekannten in eine Fensternische zurück. Bald darauf trat ein Herr ein, der mir ganz fremd war. »Das ist der Dichter Bacher«, sagte mein Nachbar.

Da mich der Mann interessierte, so betrachtete ich ihn genau. Er war etwa vierzig Jahre alt, klein, ziemlich beleibt und trug einen fadenscheinigen schwarzen Rock, dessen Ärmel so unzulänglich waren, daß sie selbst die auffallend kurzen Arme, die darin staken, nur zur Not verhüllten. Auffallend war mir auch die scheue, demütige Unterwürfigkeit, mit welcher sich der Ankömmling vor dem Direktor und noch einigen Anwesenden, die ihm bekannt sein mochten, verneigte; denn allzuviele Zeremonien waren hier nicht Sitte, auch schien dieses Benehmen mit dem Vorwurf des Hochmutes, den man gegen ihn erhoben hatte, sehr im Widerspruch zu stehen. Endlich ließ er sich auf einen eben frei gewordenen Stuhl in dem Kreise um den Direktor nieder, und zwar an der Seite einer älteren Dame, welche, selbst Schriftstellerin, ihn sogleich angelegentlich in ein Gespräch zog. Er aber schien sich dabei sehr unfrei zu fühlen, rückte unruhig auf seinem Sitze hin und her und griff beständig, wie um seine Gedanken zu sammeln, nach der Stirn. Diese wies sich samt der Nase stark entwickelt; der untere Teil des Gesichtes aber trat schwächlich zurück. Die Augen konnte ich nicht beurteilen; denn sie waren von schwer herabfallenden Lidern zur Hälfte verhüllt.

Seine Unterredung mit der Dame hatte noch nicht lange gedauert, als der Direktor plötzlich den Kopf gegen ihn drehte und mit der ihm eigentümlichen lauten und barschen Stimme rief: »Nun, Herr Bacher, wie steht es mit Ihrem neuen Stück? Ist es fertig?«

Der Gefragte zuckte zusammen, und seine Augen schlossen sich fast gänzlich. »Nein, noch nicht«, erwiderte er mit sichtlicher Anstrengung, während er sich verlegen hin und her wand.

»Was? Noch immer nicht!« schrie der andere, sich weit im Fauteuil zurücklehnend. »Dann wird es auch niemals fertig werden; denn allem Anschein nach sind Sie selbst fertig!«

Diese rücksichtslose Äußerung in Gegenwart so vieler Personen schleuderte den armen Dichter fast vom Stuhle hinab. Er wurde fahl wie der Tod; dann begann er in stummer Scham immer stärker aufzuglühen. Zum Glück waren die meisten Anwesenden an ähnliche Impromptus von seiten des Hausherrn, der sogleich wieder mit dem ihm zunächst Sitzenden von etwas ganz anderem zu sprechen anfing, seit langem gewohnt und beachteten die Sache weiter gar nicht. Nur einige wenige sahen den Getroffenen mit Befremden und, wie es mir scheinen wollte, zum Teil auch mit schadenfroher Genugtuung an. Ich aber konnte nicht an mich halten, und da gerade jetzt, indem sich einige Damen zum Fortgehen anschickten, eine Bewegung im Salon entstand, so trat ich auf den noch immer mit Scham und Verlegenheit Kämpfenden zu, stellte mich ihm vor, sagte, daß ich mich sehr freue, ihn kennenzulernen, denn ich hätte sein Drama mit großem Interesse gelesen – und was ich sonst noch zu einiger Linderung vorbringen konnte.

Er schien meine Worte anfänglich gar nicht zu vernehmen; nach und nach jedoch wurde er aufmerksam und sein Antlitz erhellte sich, das bei näherer Betrachtung den Stempel großer Gutmütigkeit trug. Er war offenbar froh, einer wohlwollenden Seele gegenüberzustehen, und dankte mir in ziemlich mühsam gewählter Rede, die aber immer fließender und natürlicher wurde. Er erwähnte auch seines neuen Stückes, auf welches er, wie er sagte, sehr große Hoffnungen setzte, klagte jedoch, daß es trotz aller darauf verwendeten Mühe nicht recht gedeihen wolle. Ein paar Andeutungen über den Stoff, die er fallen ließ, zeigten mir freilich, daß diejenigen, welche die Wahl eine verfehlte nannten, nicht geradezu im Unrecht waren. Aber ich hütete mich, dies irgendwie merken zu lassen; denn ich wußte, daß man durch derlei Bedenken und Einwendungen wohl beirren und verwirren, niemals aber überzeugen könne. Ich tröstete ihn vielmehr, indem ich hervorhob, daß ich ähnliche qualvolle Stockungen aus eigener Erfahrung kenne, und bestärkte ihn in seiner Absicht, sich für einige Zeit gänzlich von dem ungewohnten und zerstreuenden gesellschaftlichen Leben zurückzuziehen, in welches er, seinem Ausspruche nach, ganz wider Willen hineingeraten war.

Endlich hielt ich es für angemessen, mich zu empfehlen, und er benützte diese Gelegenheit, um sich unbemerkt gleichfalls zu entfernen. Wir gingen zusammen die Treppe hinunter; vor dem Tore verabschiedeten wir uns, und jeder schlug seinen Weg ein.

Bald darauf trat ich eine Reise an, die mich weit länger fern hielt, als es meine ursprüngliche Absicht gewesen war. Während dieser Zeit dachte ich immer seltener an den guten Hans Bacher – und hatte ihn endlich ganz und gar vergessen. Da ich auch nach meiner Rückkehr seiner nicht mehr ansichtig wurde, so blieb es dabei. Erst als man plötzlich wieder ein anderes Genie, einen Epiker, entdeckt hatte, der ein moderner Dante zu werden versprach, wurde ich an den verschollenen Dramatiker gemahnt. Aber ich konnte über ihn keine Auskunft erhalten. Niemand wußte, wo er sich aufhalte; man zuckte die Achseln und meinte, er würde wohl irgendwo zugrunde gegangen sein...

Und nun saß er vor mir, sichtlich gealtert, mit schlaffen, verfallenen Zügen, das gelichtete Haar grau und wüst um die Schläfen, und bewegte, noch immer fassungslos, die kurzen Arme auf dem Tisch.

»Also Sie sind jetzt bei einem Notar beschäftigt«, sagte ich mechanisch. »Und wie ist es –« mit Ihren dichterischen Arbeiten? wollte ich fragen, hielt aber unwillkürlich inne.

Er verstand, was ich meinte, und machte eine abwehrende Bewegung. »Oh, damit ist es aus – ganz aus. Ich denke nicht mehr daran und habe jede Hoffnung in dieser Hinsicht aufgegeben.«

»Und warum?« warf ich ein. »Doch nicht deshalb, weil Sie jenes Stück, das Sie damals im Geiste trugen, nicht zu bewältigen vermochten? Oder haben Sie es etwa doch beendet?«

»Ich habe es nicht beendet.«

»Nun, vielleicht widerstrebte der Stoff ganz und gar der dramatischen Form. Jeder von uns hat in seinem Schaffen ähnliche Mißgriffe zu verzeichnen. Vielleicht hatten Sie sich überhaupt in Ihren Plänen übernommen.«

»Das tat ich! Das tat ich! Oh, ich war von einem wahnwitzigen Hochmute besessen. Das Größte wollte ich leisten – das noch nie Dagewesene! Parturiunt montes – und nicht einmal eine Maus wurde geboren nicht einmal eine lächerliche Maus!«

»Das können Sie nicht sagen«, erwiderte ich ernst. »Das Werk, mit welchem Sie in die Öffentlichkeit getreten sind, ist aller Ehren wert – ist ein sehr schätzbares Zeugnis Ihres Geistes.«

»Schätzbar!« rief er fast unwillig. »Wer schätzt es? *Sie* vielleicht, mein verehrter Herr, und noch ein paar andere Menschen, die wohlwollend sind, gleich Ihnen. Sonst aber hat es mir nur Verachtung – oder doch wenigstens Mißachtung eingetragen. Und sagen Sie selbst: was soll auch diese rudimentäre Arbeit, diese zerstückte Talentprobe in der Literatur bedeuten? Nichts! Gar nichts!«

Ich schwieg. Einer so scharfen und im Grunde auch richtigen Selbstkritik gegenüber ließ sich nicht sogleich etwas vorbringen. »Nun wohl«, sagte ich endlich, »eigentlich haben Sie recht. Aber wer kann heutzutage auf wirkliche Geltung, auf unanfechtbare Bedeutung Anspruch erheben? Das Wort Goethes: ›Weh dir, daß du ein Enkel bist‹ gilt vor allem in der Kunst. Und zuletzt ist jede Größe doch nur eine relative. Die Zeit rüttelt an allem und jedem – selbst an den Säulen, die uns bis jetzt in den Himmel zu ragen scheinen. Jedenfalls aber hätten Sie nicht in Kleinmut verfallen, sondern sich weiter versuchen sollen.«

»Als ob ich mich nicht versucht hätte!« rief er. »Glauben Sie denn, daß ich mich wirklich nur mit diesem *einen* Stoffe getragen habe – wie freilich von vielen Seiten ausgestreut wurde? Nein, Verehrter! Da drinnen« – er schlug sich mit der Hand vor die Stirn »da drinnen lebte und webte es! Eine Fülle von Gestalten drängte sich in mir – aber wie ich sie fassen, wie ich sie von mir loslösen wollte, zerflossen sie – um mir wieder und wieder als daseinfordernde Schatten zu nahen. Und als ich endlich, meine Unmacht erkennend und auf hohen Ruhm verzichtend, mich von ihnen ab und den gewöhnlichsten, ausgetretensten Pfaden der Literatur zuwandte, versagte mir mein Geist auch dort. Oh, der Direktor hatte damals recht! Ich war fertig – längst fertig; ich wollte es mir nur nicht eingestehen!«

»Aber wie ist das möglich!« rief ich aus.

»Ja, wie ist das möglich! So fragte ich mich selbst in öden, stumpfsinnigen Tagen, in schlaflosen, qualdurchtobten Nächten. Wie ist das möglich! stöhnte ich verzweifelt, wenn ich in mein erstes gedrucktes Werk hineinsah, während das aufgelegte Blatt Papier leer blieb und die Tinte im Schreibzeug vertrocknete. Und doch war es so. Vielleicht liegt der Grund in einer erschlafften Faser des Gehirns oder in einer widerstrebenden Blutwelle. Aber da stehen wir im Dunkeln, und da wird man schuldig – schuldig in den Augen der Welt, wird verachtet, verspottet, und die Schmerzen, die solch ein Unglücklicher durchzukämpfen hat – die Nacht des Wahnsinns, die vor ihm aufzusteigen beginnt, ahnt kein Mensch! Oh, was habe ich gelitten!«

Er verhüllte sein Antlitz mit den Händen und brach in Tränen aus, die er gewaltsam zurückdrängen wollte. Aber es gelang ihm nicht: unaufhaltsam, in heißem Gusse strömten sie hin.

Ergriffen saß ich da und ließ ihn weinen. Der Hund, eine Art Dächser, der bis jetzt in sich zusammengerollt an seiner Seite geschlafen hatte, richtete sich empor und legte winselnd die Vorderpfoten auf die Schulter seines Herrn.

Plötzlich erschallten wüste, ohrenzerreißende Klänge: die Bläser in der Wirtsstube hatten ihr Spiel eröffnet. Bacher fuhr auf, begütigte mit der einen Hand das Tier, das laut zu heulen angefangen hatte; mit der anderen zog er ein zerknülltes farbiges Taschentuch hervor und trocknete sich hastig Augen und Wangen.

»Verzeihen Sie, daß ich mich Ihnen so gezeigt habe«, sagte er dann. »Aber ich konnte mich nicht beherrschen. Sie sind gut und verständnisvoll und werden mich nicht verachten.«

»Gewiß nicht!« Und ich reichte ihm die Hand.

»Ich bin auch nicht immer so schwach«, fuhr er fort. »Ich habe mich ja längst resigniert. Nur jetzt wurden die alten Wunden wieder aufgerissen.«

Ich drückte mein Bedauern aus, daß ich, ohne es zu wollen, die Veranlassung gewesen.

»Machen Sie sich deshalb keine Sorge«, erwiderte er. »Die Tränen haben mir wohlgetan. Wenn ich mit mir allein bin, kann ich nicht weinen, und da ich jetzt einem Manne, den ich hoch halte, mein Herz ausgeschüttet, werde ich um so leichter mein unbeachtetes Dasein weiterleben.«

»Sie sind also mit Ihren äußeren Verhältnissen nicht gänzlich unzufrieden?«

»Keineswegs; im Gegenteile. Was ich mir bei dem Notar verdiene, ist freilich nicht viel; aber es läßt sich damit auskommen.«

»Es freut mich, dies zu hören. Aber – entschuldigen Sie, daß ich mich gewissermaßen als unbefugter Ratgeber eindränge – wäre es denn einem Manne von Ihrer Begabung nicht möglich, sich eine vorteilhaftere Stellung zu gründen? Es ließe sich gewiß etwas

Passendes für Sie finden, und wenn Sie mir erlauben wollten, daß ich in Wien –«

Er zuckte erschreckend zusammen und streckte mir die Arme in heftiger Abwehr entgegen. »Nein! Nein!« rief er, »um keinen Preis – nicht um das Gehalt eines Ministers! Wie sollte ich den Leuten dort unter die Augen treten! Und dann – Sie überschätzen meine Fähigkeiten. Ich besitze nur sehr geringe Kenntnisse; denn ich habe meine Studien leider nicht beenden können. Mein Vater starb, als ich noch ein Knabe war, und meine Mutter blieb arm, sehr arm zurück. Daher mußte ich die Schule vorzeitig verlassen und in ein Amt eintreten, bei welchem es mehr auf die Praxis als auf die Theorie ankam. Es war im Zollwesen. Die erste Zeit, da ich in sehr untergeordneter Stellung beschäftigt war, ging die Sache leidlich. Als ich aber später selbständig eingreifen sollte, da zeigte sich sofort der Mangel meiner Natur. Der direkte Verkehr mit den Parteien verwirrte mich; ich konnte keinen raschen Überblick über die Tätigkeit der mir unterstehenden Handlanger gewinnen, und so kamen Verstöße vor, die mich bei meinen Vorgesetzten in den Ruf eines leichtsinnigen und sorglosen Beamten brachten, während ich doch nur ein ängstlicher und schwerfälliger war, der sich selbst das kleinste Vergehen tief zu Herzen nahm. Und als man endlich erfuhr, daß ich ›dichte‹, war es auch um mich geschehen. Man wurde mir aufsässig, bereitete mir absichtliche Schwierigkeiten und Verlegenheiten, überging mich bei einer mir zustehenden Beförderung – und ich sah den Tag herannahen, an welchem man mich schlechthin entlassen würde. Daher gab ich auch sofort selbst meine Stelle auf, als ich einen literarischen Erfolg errungen hatte. Also nicht aus Hochmut oder gar aus Trägheit, wie mir späterhin in die Schuhe geschoben wurde. Hochmütig, wie ich Ihnen schon gestanden, war ich wohl, aber nur in jener *einen* Hinsicht; im übrigen aber kann es keinen Menschen geben, der anspruchsloser wäre als ich. Und ohne Tätigkeit – das habe ich während meines qualvollen unfreiwilligen Müßigganges zutiefst empfunden – könnte ich gar nicht leben. Aber es muß eine ruhige, gleichmäßige, mehr mechanische Tätigkeit, wie die des bloßen Abschreibens sein. Bei allem anderen, das mir gewissermaßen eine über mich selbst hinausgehende Verantwortlichkeit auferlegt, verliere ich den Kopf. Es ist eigentümlich«, fuhr er nach einer Pause, da die Musik inzwischen wieder aufgehört hatte, mit leiserer Stimme fort, »es ist eigentümlich, daß ich das schon als Knabe vorempfunden hatte. Wenn meine Mitschüler ihre Pläne und Absichten für die Zukunft kundgaben, und der eine Soldat, der andere Kaufmann, Arzt – oder noch Höheres werden wollte, so schwebte mir hingegen stets das stille, gleichmäßige Dasein eines einfachen Schreibers vor. Ich hatte dabei die drei Kanzlisten des Advokaten meiner kleinen Vaterstadt im Auge. Seine Kanzlei befand sich im Erdgeschosse des Hauses, wo wir selbst wohnten, und wenn ich die drei Kumpane, die in den verschiedensten Lebensaltern standen, mit dem Schlage der Uhr erscheinen, dann in der Nähe der Fenster behaglich schreiben – und mit dem Schlage der Uhr wieder weggehen sah, da hielt ich ihr Los – Träume von Dichterruhm hatte ich ja damals noch nicht! – für den Gipfel alles Glückes. Nun, dieses Glück hätte ich bald genug mein eigen nennen können – aber es war mir bestimmt, erst auf weiten, sehr weiten Umwegen dazu zu gelangen. Doch nun bin ich auch damit zufrieden und möchte meine bescheidene Stelle mit keiner anderen in der Welt vertauschen – schon deswegen nicht, weil ich, wie gesagt, keiner anderen gewachsen wäre. Von acht bis sechs Uhr schreibe ich, mit kurzer Unterbrechung während der Mittagszeit, meine Bogen voll; die Abende und die Sonn- und Feiertage aber gehören mir und meinem Hunde.« Er zog dabei das Tier auf seinen Schoß und liebkoste es, als wär' es ein Kind.

Auf diese entschiedene Auseinandersetzung war füglich nichts mehr zu erwidern. Ich ließ daher den Faden des Gespräches fallen und wandte mich nun auch dem Hunde zu, der mit seinen gelben Pfoten und ebensolchen Flecken über klugen braunen Augen in der Tat ganz artig aussah. »Ein hübscher Hund«, sagte ich beifällig. »Wie heißt er?«

»Tambi. Ich habe ihn, da er noch ganz klein war, von einem Heger gekauft, der ihm den abgeschmackten Namen ›Tambourl‹ gegeben hatte.«

»Ein häufiger Name bei Dachshunden.«

»Da er nun doch schon daran gewöhnt war, so habe ich wenigstens die erste Silbe beibehalten.«

Ich wollte Tambi an mich locken. Er sah mich freundlich an und wedelte; aber er kam nicht.

»Oh, er geht niemandem zu!« rief Bacher. »Er ist die Anhänglichkeit selbst und von meiner Seite gar nicht wegzubringen.«

»Eine vortreffliche Eigenschaft. Schade, daß sich in ihm die Rasse nicht rein erhalten hat. Er ist viel zu hochläufig; auch trägt er, wie ich sehe, die Rute aufgerollt, ein sicheres Zeichen, daß eine Kreuzung stattgefunden.«

»Das sagte schon der Heger, der ihn auch deshalb dem Hause und den Kindern überlassen hatte. Von diesen wurde das arme Tier in argloser Grausamkeit sehr gequält. Zudem zeigte sich eine böse Krankheit in den Ohren. Aber das heilte bald – und nun sind wir beide glücklich!« Er herzte das Tier wieder, das sich schmeichelnd in seinen Armen wand. »Sehen Sie nur, wie verständig er mich anblickt; er weiß, daß von ihm gesprochen wird. Ein ganz einziger Hund! Still, sanftmütig – und doch sehr wachsam. Dabei keine Spur von Gier oder Gefräßigkeit; man muß ihn förmlich bitten, sein bißchen Futter anzunehmen. Er kennt nur *eine* Leidenschaft: die Jagd.«

»Sind Sie Jäger?«

»Ich? O nein – wie käme ich dazu? Er jagt ganz für sich allein. Und da sollten Sie sehen, welches Leben, welches Feuer in dem sonst so ruhigen Tiere zum Vorschein kommt! Mit welcher Spannung er in den Ackerfurchen hinläuft, wie er die Spur verfolgt, wie er dem aufgestöberten Hasen mit hellem Gekläff nachsetzt...«

»Und das lassen Sie ihm hingehen?«

»Warum nicht? Er verursacht ja keinen Schaden. Freund Lampe ist doch stets weit schneller, und so kehrt Tambi nach einer Weile keuchend und schäumend wieder zu mir zurück.«

»Das geschieht, weil er sichtlich noch jung ist. Aber lassen Sie ihn erst völlig ausgewachsen sein, so werden Sie erfahren, daß er von der Fährte nicht mehr abläßt. Denn was Sie da gesagt haben, beweist mir, daß trotz allem die wilde Natur der Dächser in ihm steckt, und wenn es ihm einmal gelingt, einen Hasen anzuschneiden, so ist auch in ihm ein nicht mehr zu bezähmender Blutdurst wachgerufen.«

Die Worte berührten Bacher offenbar höchst peinlich und machten ihn nachdenklich. »Also meinen Sie wirklich –« sagte er kleinlaut.

»Ganz gewiß. Und auf alle Fälle müssen Sie darauf gefaßt sein, daß man Ihnen den Hund heute oder morgen erschießt; denn die Jagdgesetze werden hierzulande sehr streng gehandhabt.«

Er erbleichte. »Das hat mir unser Förster auch gesagt. Aber ich dachte, er wolle mir bloß Angst machen und den Hund verleiden. Die Menschen können ja nicht mit ansehen, daß einer an etwas seine Freude hat; wie denn auch alle im Anfang über das Tier lachten und spotteten – und jetzt erscheint es ihnen mit einem Male gefährlich. Der Förster meinte zwar, er selbst und sein Gehilfe würden Tambi nichts anhaben; wenn dieser aber einmal an jemand geriete, der ihn nicht kennt, oder in ein fremdes Revier –«

»So ist es auch um ihn geschehen, denn nur wirkliche Jagdhunde genießen das Recht der Schonung. Und überdies besitzen alle Forstleute den eigentümlichen Hang, gerade solchen Vierfüßlern auf den Pelz zu brennen.«

Er rückte wie in Verzweiflung auf seinem Sitze hin und her. »Aber, mein Gott, was soll ich denn tun? Ich kann doch den Hund nicht in meiner Stube eingeschlossen halten. Und im Freien stößt man hier bei jedem Tritte auf Wild!«

»Sie müssen ihn an die Leine nehmen.«

»An die Leine!« rief er empört. »Ein Geschöpf, das zu unbehindertem Lauf geschaffen ist, dessen Natur und Instinkt es antreiben, Wald und Flur zu durchstreifen, an die Leine! Bedenken Sie, Verehrter, was das sagen will! Hin und wieder möchte es wohl angehen, und im Walde selbst, wo Tambi auf Rehe stoßen und sie beunruhigen oder verscheuchen könnte, pflege ich es ohnehin zu tun. Aber sonst und stets! Bei jedem Schritte mit ansehen zu müssen, daß er vor- und seitwärts springen möchte – fühlen zu müssen, wie er fast bis zur Selbsterdrosselung an der kettenden Schnur zerrt – Nein! Nein!«

»Nun, dann gilt es, eine Dressur zu versuchen, damit er lernt, Ihrem Rufe unter allen Umständen Folge zu leisten.«

»Aber er hört ja, wenn er auf einer Fährte ist, in seiner Aufregung meinen Ruf gar nicht.«

»Er wird ihn schon hören, wenn er erst einige Male ausgiebig gezüchtigt worden ist.«

»Gezüchtigt!? Sie meinen, ich solle ihn schlagen? Das kann ich nicht
– eher mich selbst!«

»Entschuldigen Sie, das ist eine Schwäche...«

»Mag sein, aber es ist mir nun einmal nicht möglich. Und dann – ich
hasse alle und jede Dressur! Ich habe es zu tief an mir selbst erfahren,
was es heißt, dem innersten Drange seines Wesens nicht folgen zu
können – gebunden zu sein; ob innerlich oder äußerlich bleibt sich ja
gleich. Eh ich den Hund zwänge, seiner Natur zu entsagen – eher
sollte er...« Er erschrak vor der Schlußfolgerung, die er aussprechen
wollte, und brach plötzlich ab. »Aber es muß irgendein anderes
Mittel – einen Ausweg geben«, fuhr er nach einer Pause fort, »ich
habe schon öfter darüber nachgesonnen...« Und er versank, die Stirn
in die Hand legend, in Gedanken.

Es wurde ganz still in dem kleinen Zimmer, das sich bereits
allmählich verdunkelt hatte. Tambi saß aufrecht auf der Bank und
blickte von einem zum anderen.

Drüben begann die Musik wieder. Es war früher nur eine
Introduktion gewesen; jetzt aber schien der Tanz seinen Anfang zu
nehmen. Bacher blickte auf. »Es ist schon spät«, sagte er; »Ich muß an
den Heimweg denken.«

Da auch mich nichts länger zurückhielt, so bezahlten wir unsere
geringfügige Zeche und entfernten uns, nachdem wir noch einen
Blick in die Wirtsstube getan, wo sich wirklich die aufgebauschten
Röcke mehrerer Dirnen im Kreise drehten.

Draußen brach eben die Dämmerung herein. Rosige Abendlichter
lagen noch auf den weißen Gipfeln ferner Höhenzüge; über uns aber,
im Azur des Himmels, zitterten bereits die ersten Sterne.

Schweigend schritten wir durch das Schweigen der Natur, während
Tambi schnobernd an einem nahen Waldrande hinlief.

Nach einer starken halben Stunde hatten wir die Landstraße erreicht,
wo sich unsere Wege trennten.

»Leben Sie wohl«, sagte ich, »und behalten Sie unsere Begegnung in
guter Erinnerung. Vielleicht lassen Sie sich einmal bei mir sehen; Ihr
Besuch wird mich jederzeit sehr erfreuen.«

»Ich werde mir jedenfalls die Freiheit nehmen; erlaube mir jedoch, zu bemerken, daß meine Zeit derart gemessen ist, daß ich vielleicht nicht so bald...«

»Ich bitte Sie, sich keinerlei Verpflichtung aufzuerlegen. Wir sind ziemlich nahe Nachbarn, und so können wir es getrost dem Zufall überlassen, daß er uns wieder zusammenführt.« Ich reichte ihm die Hand, die er mit der ihm eigentümlichen Unterwürfigkeit ergriff. Dann ging er.

Inzwischen war es Nacht geworden, und die Mondessichel, die hinter einem Hügel hervortauchte, warf ihr zauberisches Licht über die Landschaft. Plötzlich ertönte in der Ferne hinter mir lebhaftes, nach und nach verhallendes Gebell. Tambi hatte offenbar einen Hasen aufgejagt.

## II

Was ich vorausgesehen, traf ein: Bacher zeigte sich nicht bei mir. Da ich ihn eben auch nicht vermißte, so vergaß ich ihn wieder mehr und mehr. Zudem war ich bald neuerdings in Arbeit vertieft; denn ich hatte mir nun einmal vorgesetzt, den Winter in meinem Buen Retiro gehörig auszunutzen.

Darüber waren etwa vier Wochen hingegangen, und man konnte allmählich bemerken, daß der Frühling im Anzuge sei. Tauwetter war zwar noch nicht eingetreten; aber die Kälte hatte sich bei bedecktem Himmel gebrochen, und eine feuchte Luft zersetzte bereits langsam den Schnee auf Feldern und Wiesen.

Bei solch trübem Wetter hatte ich eines Morgens wie gewöhnlich das Haus verlassen und einen Fußpfad eingeschlagen, der zwischen dem Flusse und dem Eisenbahndamme hinlief. Ich pflegte sonst von diesem Fußpfade, einer starken Krümmung des Flusses folgend, abzubiegen und längs des Ufers fortzugehen. Auf diese Art gelangte ich zu einer Brücke, die ich überschritt, um auf der jenseits befindlichen, ziemlich hochgelegenen Landstraße, gewissermaßen im Rundgange, wieder nach Hause zurückzukehren. Heute aber hielt ich, in Nachsinnen verloren, an dem Fußpfade fest, ohne es eigentlich zu wissen und daran zu denken, daß er durch die Niederung dem Marktflecken entgegenführte, den mir Bacher als seinen Aufenthaltsort bezeichnet hatte. Es war Sonntag, und ringsum herrschte tiefe Stille; die Kirchenglocken hatten noch nicht zu läuten begonnen. Auf den Feldern saßen Dohlen, die hin und wieder träg aufflogen; von Zeit zu Zeit fiel ein leichter Regen mit kleinen wehenden Schneeflocken gemischt.

In solcher Weise hatte ich mich bereits auf mehr als halbem Wege dem Orte genähert, als ich auf einer vor mir liegenden, sehr großen Wiese plötzlich Tambi gewahrte, welcher dort, die Nase am Boden und mit der Rute hin- und herschlagend, lustig brackierte. Ich blickte umher – und da ging auch Herr Bacher, der den Lauf seines Hundes mit vergnügten Augen verfolgte und mich nicht früher bemerkte, als bis wir aufeinanderstießen.

Er war so überrascht oder vielmehr so betroffen, daß er fast ganz vergaß, meinen freundlichen Morgengruß zu erwidern. »Ah – Sie, Verehrter –« sagte er, sich sammelnd. »Kommen Sie auch einmal in unsere Gegend? Nicht wahr«, fuhr er rasch und errötend fort, »Sie verzeihen, daß ich Ihrer gütigen Aufforderung bis jetzt noch nicht nachgekommen bin, aber...«

»Keine Entschuldigung, bester Freund! Sie haben eine solche mir gegenüber nicht notwendig. Ich freue mich, Sie auf meinem Wege getroffen zu haben und zu sehen, daß es Ihnen und Ihrem Liebling wohl geht.«

»Ja, wir befinden uns beide wohl – und ich und er haben allen Grund, Ihnen dankbar, sehr dankbar zu sein, Sie werden sich erinnern«, fuhr er nach einer Pause fort, »welchen Eindruck Ihre Worte von neulich auf mich gemacht haben und wie ich dabei ganz tiefsinnig geworden bin. Die Sache war ja in der Tat eine Lebensfrage für mich und den Hund, welchen ich doch, das müssen Sie zugeben, nicht beständig, nicht jahrelang mit mir an der Leine herumführen kann; und ihn zu dressieren, etwa wie Förster und ähnliche Leute mit Gewaltmitteln vorgehen, dazu bin ich nun einmal nicht fähig. Es galt also, aus diesem Dilemma herauszukommen. Und es ist mir gelungen. Ich habe nämlich für Tambi einen gewissermaßen neutralen Boden, eine Art Domäne ausfindig gemacht, wo er gehörig ausgreifen und dabei einem ganz unschuldigen Jagdvergnügen nachhängen kann, ohne Schaden zu nehmen. Sehen Sie sich einmal diese Wiese an. Sie werden bemerken, daß sie sehr groß und rings vom Wasser eingeschlossen ist. Hinter uns grenzt der Fluß das Terrain ab; vor uns, die ganze Wiese entlang, fließt der Mühlbach, welcher dort oben bei dem Wehr in den Fluß mündet. Tambi kann also nirgends ausbrechen; denn er scheut sich, ins Wasser zu gehen.«

»Das ist ganz gut«, sagte ich. »Aber Sie vergessen die Brücke, die sich weiter oben befindet, und dann wird wohl auch über den Mühlgraben irgendwo ein Steg gelegt sein.«

»Keiner, keiner«, versicherte er nachdrücklich. »Ich habe mich davon überzeugt. Nur ganz dicht vor der Mühle kann man hinübergelangen. Im übrigen scheinen sich bloß Rebhühner hier aufzuhalten; ich habe wenigstens bis jetzt noch kein anderes Wild –«

Er konnte den Satz nicht beenden. Denn eben jetzt stand vor Tambi, der im Kreise herumjagte, ein Hase auf und floh in gerader Richtung auf uns zu. Als er uns erblickte, stutzte er und bog nach rechts ab. Der Hund, der hinter ihm herlief, ebenfalls; der Hase machte abermals eine Wendung nach rechts und eilte dann gegen die Mitte des Mühlgrabens zu. Dies alles war so rasch wie der Blitz geschehen, und sei es nun, daß beide Tiere den nicht allzubreiten Graben übersprungen oder ihn durchschwommen hatten – genug: schon kamen sie jenseits zum Vorschein, überflogen den nahen Eisenbahndamm, schossen eine abgeholzte Hügellehne hinan und verschwanden, während das helle Gekläff Tambis noch in den Lüften schallte.

»Da haben Sie es!« sagte ich zu Bacher, der wie versteinert dastand und erst jetzt aus Leibeskräften zu rufen und zu pfeifen begann.

Plötzlich fielen rasch nacheinander zwei Schüsse.

Bacher erblaßte und fing heftig zu zittern an.

»Man hat nach dem Hunde geschossen!« rief ich unwillkürlich.

»Glauben Sie?« stammelte er. »Vielleicht nach dem Hasen...«

»Immerhin möglich, aber nicht wahrscheinlich. Es ist jetzt keine Schußzeit. Wollen Sie, daß ich nachsehe?«

»Bitte! Bitte!« rief er und faltete die Hände.

Ich eilte über die Wiese der Mühle zu, von dort über den Damm und stieg den ziemlich schneefreien Abhang empor, von welchem eben ein junger Mann in Jägertracht mit übergehängtem Doppelgewehr herabkam. Ich sah ihn an, er mich gleichfalls, dann lüftete er leicht den Hut.

»Haben Sie nach einem Hunde geschossen?« fragte ich ihn.

»Allerdings!« antwortete er, stehenbleibend. »Er hat einen Hasen in die Remise hinein verfolgt.«

»Und ist er tot?«

»Ja. Gehörte er Ihnen?«

»Nicht mir, aber einem Bekannten, mit welchem ich eben dort unten auf der Wiese im Gespräche stand.«

Er errötete. »Das tut mir leid. Aber ich habe die Herren nicht gesehen und den Hund nicht gekannt; ich bin erst seit acht Tagen hier als Adjunkt angestellt. Übrigens«, fügte er, sich in die Brust werfend, mit leichtem Trotze hinzu, »habe ich nur meine Pflicht getan.«

»Ganz gewiß. Aber vielleicht hätten Sie doch nicht sofort – es war ja doch eigentlich ein Jagdhund...«

»Ein Jagdhund?« entgegnete er verächtlich. »Ein Bastard war es, ein Köter. Dort oben bei der Remise liegt er.« Damit lüftete er wieder den Hut und ging.

Ich aber eilte zur Remise empor. An ihrem Rande, unter einem Fichtenbusche, lag Tambi, die vier gelben Pfoten von sich gestreckt, mit blutender Weiche, die von einer vollen Schrotladung getroffen und zerrissen war. Eine Schar von Dohlen hatte sich schon um ihn versammelt, die bei meinem Nahen krächzend aufflogen, sich aber gleich wieder in kurzer Entfernung niederließen. Mit wehmütigem Schauder betrachtete ich die Leiche des Tieres, das seinem Instinkte zum Opfer gefallen war und dessen Augen jetzt weit aufgerissen und verglast gegen den Himmel zu starren schienen. Armer Tambi! Armer Bacher!

*Ihm* mußte ich nun die vernichtende Kunde bringen. Schon am Fuße des Abhanges kam er mir, den Damm überschreitend, entgegen, ein Bild trostloser Seelenangst.

»Nun? Nun?« fragte er tonlos.

Ich machte ein Zeichen mit der Hand.

»Tot!« rief er, »tot!?«

Ich bejahte stumm.

»Mein Gott! Mein Gott!« Und er blickte um sich, wie ins Leere.

»Wollen Sie ihn sehen?« fragte ich nach einer Pause.

»Sehen? Ich weiß nicht, ob ich den Anblick ertragen kann. Aber ist er denn wirklich – ist keine Rettung mehr möglich? Vielleicht, daß doch noch –«

»Es ist aus«, sagte ich, »und alles umsonst. Es wird am besten sein, wenn wir ihn gleich dort oben begraben. Sind Sie einverstanden?«

Er erwiderte nichts; aber ich sah, daß er es zufrieden war, wenn ich für ihn dachte und handelte. Ich begab mich daher in die Mühle und forderte einen Burschen auf, einen Spaten zu nehmen und uns zu folgen. Bacher konnte sich kaum auf den Füßen halten; ich mußte ihn unter dem Arm fassen.

Oben angelangt, blieben wir stehen, und ich deutete nach der Remise. Bacher warf zuerst einen scheuen, furchtsamen Blick nach der Stelle, wo Tambi lag; hierauf tat er mit starren Augen rasch ein paar Schritte nach vorwärts – und wandte sich dann schaudernd ab.

»Setzen Sie sich einstweilen auf diesen Baumstrunk«, sagte ich, »ich werde alles Weitere besorgen.«

Er tat es mechanisch und verhüllte sein Antlitz.

Das kleine Grab war bald aufgeworfen und wieder mit Rasen und Moos bedeckt. Wir hatten es unter einer jungen, freistehenden Föhre angebracht, und zum Schlusse türmte ich noch ein kleines Mal aus herumliegenden bunten Syenitstücken darauf. Dann entlohnte ich den Burschen, welchen ich gehen hieß, näherte mich Bachern und legte ihm die Hand auf die Schulter.

Er schrak auf, wendete sich und ging mit ausgebreiteten Armen auf das Grab zu...

Ich fühlte, daß er jetzt das Bedürfnis habe, allein zu sein, und entfernte mich.

# III

Seitdem waren acht Tage vergangen, ohne daß ich von Bacher etwas vernommen hätte. Obgleich nun eigentlich keine Verpflichtung vorlag, so war es mir doch , als sollte ich nachsehen, wie er sich seit dem Verluste seines Hundes befinde. Ich machte mich daher eines Nachmittags auf den Weg nach dem Marktflecken, wo ich auch alsbald die Kanzlei des Notars ausgekundschaftet hatte. Bei meinem Eintritte war ein junger Mann mit struppigen gelben Haaren anwesend, der sehr eifrig an einem Pulte schrieb und mir auf meine Frage mitteilte, daß Bacher bereits seit drei Tagen nicht mehr in der Kanzlei erschienen sei.

»Ist er denn krank?«

»Das eben nicht«, erwiderte der Schreiber mit eigentümlichem Lächeln, »aber –«

»Nun, dann treffe ich ihn vielleicht zu Hause. Können Sie mir sagen, wo er wohnt?«

»Zu Hause ist er keinesfalls. Aber Sie dürften ihn wohl bei Herrn Wassertrilling finden.«

»Wer ist Herr Wassertrilling?«

»Der Kaufmann dort drüben – am äußersten Ende des Platzes.«

Ich empfahl mich und suchte sofort den bezeichneten Laden auf, an dessen Eingang ein halbwüchsiges Judenmädchen lehnte und mich mit großen schwarzen Augen ansah. Es war offenbar die Tochter des Kaufmanns, der drinnen hinter einem unordentlich vollgehäuften Ladentische stand und einigen verkommen aussehenden Männern Branntwein in kleine Gläser goß. Als er meiner ansichtig wurde, stürzte er mit dienstfertigen Bücklingen hervor und auf mich zu.

»Befindet sich Herr Bacher hier?« fragte ich äußerst zweifelhaft.

»Jawohl! Jawohl! Der Herr Doktor sind da drinnen in der Weinstube.« Dabei riß er die Tür eines Seitenverschlages auf, der mit blauem Zuckerpapier austapeziert war und aus welchem mir ein starker Fuselgeruch entgegenströmte. In diesem Raume, der mit allerlei Fässern, Gebünden und Ballen angefüllt war, saß Bacher an einem Tischchen hinter einer Flasche Wein. In dem Halbdunkel, das hier herrschte, erkannte er mich nicht sogleich; als dies aber geschah, malte sich in seinem Gesichte keine sehr angenehme Überraschung, weit eher ein peinlicher Unmut. Dennoch kam er mir unterwürfig wie immer entgegen.

»Entschuldigen Sie, daß ich Sie hier überfalle«, sagte ich. »Ich wollte nur nachsehen, wie es Ihnen geht.«

»Oh, Sie sind sehr gütig. Mir geht es schlecht – sehr schlecht – aber bitte, setzen Sie sich –«

Herr Wassertrilling, der hinter mir hereingekommen war, zog aus einem Winkel den erforderlichen zweiten Stuhl hervor und fragte, ob er mir Rotwein vorsetzen dürfe, was ich geschehen ließ. »Ich werde auch sofort Licht bringen lassen!« rief enteilend der Besitzer der Weinstube.

Das schien in der Tat notwendig. Es war finster wie in einem Keller, da nur durch eine kleine, in der Tür angebrachte und halb erblindete Scheibe ein matter Schimmer hereinfiel.

Nach einer Weile erschien das junge Mädchen mit einer rauchenden Petroleumlampe, stellte diese auf das wackelige Tischchen und ging dann, sich langsam in den Hüften wiegend, wieder ab.

Bacher hatte sich mittlerweile gesammelt. Er ergriff meine Hand und sagte mit einem tiefen, schweren Seufzer: »Es geht mir in der Tat sehr schlecht – schlechter, als Sie es sich vorzustellen vermögen. Ich kann ohne meinen Hund nicht leben!«

»Oh! Oh!« warf ich ein.

»Es ist so! Es ist so! Sie werden mich vielleicht verstehen, wenn ich Ihnen sage, daß ich mit ihm *alles* verloren. Er allein hielt mich noch aufrecht, denn er war das einzige Wesen, das mich auf Erden geliebt hat.«

»Jedenfalls eine starke Behauptung.«

»Nichtsdestoweniger eine richtige. Doch ich will nicht ungerecht sein und *eine* Person ausnehmen: meine arme Mutter. Ja, meine Mutter hat mich geliebt«, fuhr er nachdenklich fort, »aber in ihrer Weise. Sie wollte mich immer anders haben, als ich nun einmal war, wollte immer an mir modeln, ändern und umgestalten. Freilich nicht mit Härte und Strenge, wie mein Vater, dessen ich mich nur noch dunkel entsinne – oder mit Spott und Hohn, wie die Welt: nein, mit jener zweifelnden Angst und Vorsicht, mit jener schmerzlichen Zärtlichkeit, die der verschwiegenste und doch lauteste Vorwurf ist. Ich glaube, sie ist rein aus Kummer über mein Wesen, das sie nun einmal so und nicht anders zur Welt gebracht, gestorben; Gott habe sie selig! Und sehen Sie – das ist es: ich war nie im Leben jemandem recht. Jeder wollte mich als einen anderen sehen; jeder wollte mir raten, mich auf neue Bahnen zu lenken, und da es nicht anging, so haßten mich zuletzt alle. Oh, ich hatte im Laufe der Jahre so manchen Freund – und ich habe sie alle von Herzen geliebt, trotz ihrer Fehler, Mängel und Schwächen – ja sogar trotz mancher schlechten Streiche, die mir der eine oder der andere spielte. Ich nahm sie, wie sie eben waren, zufrieden mit ihren guten Seiten und Eigenschaften, die sie, wie jeder Mensch die seinigen, nebenher aufwiesen. Aber sie hielten es nicht so. Sie nörgelten an mir herum, quälten und hänselten mich und predigten gegen meine Fehler – am lautesten gegen diejenigen, welche sie selbst in erhöhtem Maße besaßen, bis es mir endlich zu toll wurde und der Bruch herbeigeführt war. Und dann die Frauen... o die Frauen! Nie, niemals im Leben ist es mir gelungen, ein weibliches Herz zu gewinnen. Es war, als hätte das ganze Geschlecht für mich keinen Blick gehabt – als den nachträglichen der Verachtung. Und wenn es mir hin und wieder scheinen wollte, daß ich Aufmerksamkeit und wohlwollende Teilnahme errege –: in kürzester Frist, fast jedesmal schon nach dem ersten Gespräch, war es aus, wie verflogen. Eine einzige – sie ist längst tot – schien ein tieferes Gefühl für mich zu haben – aber auch *sie* gab mich auf und sah mich dabei mit einem Ausdruck an, als wollte sie sagen: nein, es geht nicht! Und so war es auch mit meinem dichterischen Erfolg, der eigentlich schon vorüber war, eh er noch begonnen hatte; so war es in meinem Amte – mit allem und jedem – bis zu den Hunden hinab! Ja, Verehrter, bis zu den Hunden! Seit jeher habe ich diese Tiere sehr geliebt, und seit jeher ist es mein sehnlichster Wunsch gewesen, mir ein solches anhänglich zu machen. Aber vergebens! Wie viele Hunde ich auch im Laufe der Zeit zu mir nahm: keiner wollte sich an mich gewöhnen, trotz aller Zärtlichkeit, die ich aufwandte – und als ich es mit Strenge versuchen wollte, da murrten sie und bissen nach mir. Sie liefen alle fort, der eine früher, der andere später. Und nur mein Tambi war der erste, der einzige, der mich als seinen Herrn anerkannte, der nicht von meiner Seite wich – der mich liebte! O mein Tambi! Mein Tambi!«

Der Schmerz übermannte ihn, und er brach, wie damals in der Dorfschenke, in Tränen aus.

Ich ließ ihn weinen. Nachdem er sich etwas beruhigt hatte, sagte ich: »Nun sehen Sie, Ihre Sehnsucht nach einem treuen, anhänglichen Hunde ist also doch noch befriedigt worden. Wer weiß, ob Ihnen nicht auch noch das Glück zuteil wird, einen Menschen zu finden, der Ihnen alle jene Liebe entgegenbringt, welche Sie bis jetzt in Ihrem Leben so schmerzlich vermißt und entbehrt haben.«

Er fuhr auf. »Einen Menschen!« rief er hohnlachend. »Das wäre zu spät, ich könnte eine solche Liebe nicht mehr vergelten. Um einem Menschen wirklich etwas zu sein, muß man ihm die Empfindung einflößen können, daß auch er uns wirklich etwas zu sein vermag. Und das bin ich nicht mehr imstande. Denn die Menschen sind mir längst völlig fremd und wertlos geworden - bloße Larven und Phantome!« Er fühlte gar nicht, wieviel Verletzendes für mich selbst in dieser Äußerung lag, und fuhr, rasch wieder seinen Schmerz heranziehend, fort: »Hätte ich den Hund in anderer Weise verloren, wäre er mir gestohlen worden, wäre er an einer Krankheit verendet, ich würde es vielleicht in Ergebung hinnehmen und ertragen, wie ich so manches andere hingenommen und ertragen habe. Daß ich es aber selbst war, der sich um sein Liebstes gebracht, dieser Gedanke treibt mich zum Wahnsinn. Mir ist zumute wie einem Mörder. Und bin ich es nicht? Sagen Sie selbst, wer hat ihn getötet, der Adjunkt, dem er fremd war, und der ihn nur im Gefühl seiner Pflicht zu Boden streckte - oder ich, der in törichter Schwäche, in sträflichem Eigensinn die Warnung des Försters und *Ihre* gütigen Ermahnungen in den Wind schlug? Hätte ich Ihren Rat befolgt und den Hund an der Leine geführt - er lebte noch!«

»Nun wohl. Aber gerade in diesem Punkte liegt auch bei näherer Betrachtung eine Quelle des Trostes. Denn was Sie mir damals eingewendet, das muß ich heute in vollem Umfang anerkennen. Sie konnten Tambi in der Tat nicht beständig und zu jeder Zeit an der Leine führen. Ein einziger unbewachter Augenblick hätte monatelange Vorsicht zunichte machen und das Unglück herbeiführen können. Zudem kann der bestdressierte Hund hin und wieder bei besonderen Gelegenheiten in seinen Instinkt zurückfallen. Also überspannen Sie Ihre Selbstanklage nicht. Der Übelstand lag in den Verhältnissen selbst. Denn hier, wo das Wild gehegt und gepflegt wird, ist es jedermann, der nicht selbst Förster oder Jäger ist, auf die Dauer unmöglich, einen Hund zu halten, der nur den geringsten Jagdtrieb besitzt. In einer Stadt hätten Sie sich ruhig Ihres Besitzes freuen können; in dieser Gegend ging es nicht an. Dies müssen Sie ins Auge fassen, müssen die Notwendigkeit des Geschehenen erkennen, dann wird sich Ihr Schmerz mehr und mehr beruhigen – und zuletzt werden Sie auch vergessen.«

»Vergessen? Niemals! Da müßte ich fort von hier – weit fort! Und wie kann ich das? Oh, ich weiß ohnehin nicht mehr, wie ich hier leben soll, wo mich alles, alles an meinen Verlust mahnt, wo ich nicht einen Odemzug tun kann, ohne die Erinnerung mit einzuatmen. Wenn ich des Morgens aus wüstem Halbschlummer erwache, dann fällt mein Blick sofort auf den Stuhl, der an meinem Bette steht und wo Tambi zu schlafen pflegte. In der Kanzlei kann ich nicht drei Zeilen schreiben, ohne unter den Tisch zu sehen; denn dort lag stets Tambi lautlos an meine Füße geschmiegt. Geh ich ins Freie, so sehe ich ihn auf jeder Wiese, auf jedem Acker laufen, hinter jedem Busche hervorspringen. Ich kann nicht essen, ohne an das bescheidene Teil zu denken, das für ihn abfiel, und so bleibt mir der Bissen im Halse stecken. Das ist auch der Grund, weshalb ich die Gastwirtschaften, sowie alle anderen Orte meide, wo ich einmal mit ihm gewesen bin – und nur in dieser Spelunke kann ich es aushalten, denn ich habe sie früher niemals betreten. Hier verbringe ich nun meine Tage – und suche meinen Schmerz in elendem Wein zu ertränken!«

Er leerte hastig ein Glas von der trüben roten Flüssigkeit, die noch eine weit schärfere Verurteilung verdiente. Es war ein wahrer Gifttrank; die reinste Mischung von Spiritus und Fuchsin.

»Und dann nachts! nachts!« fuhr er fort. »Oh, Sie glauben nicht, was ich da erdulde! Ich hätte ihn nicht ansehen sollen, wie er in seinem Blute lag. Nun kann ich das entsetzliche Bild in der dunklen, unheimlichen Stille nicht mehr vor den Augen wegbringen. Ich leide an einer förmlichen Gespensterfurcht. Und doch wäre es wieder mein heißester Wunsch, daß er mir erschiene – und an meinem Bette hinaufspränge...«

Ich gestehe, daß mir bei dem allem höchst peinlich zumute wurde. Das war kein entlastendes Sich-Aussprechen wie damals: ich befand mich einem Menschen gegenüber, der sich, durch meine Gegenwart angestachelt, immer tiefer in seine Verstörung hineinarbeitete. Ich sagte daher. »Lieber Freund, ich sehe mit Bedauern, daß ich Ihnen bei aller Teilnahme weder Trost noch Hilfe bringen kann. Ihr Zustand ist ein krankhaft überreizter, für den es nur *einen* Arzt gibt: Ihren eigenen festen Willen, sich um jeden Preis aus dieser qualvollen und verderblichen Gemütsverfassung zu befreien. Dies gebe ich Ihnen zu bedenken. Sie haben schon so vieles überwunden – seien Sie noch einmal stark!«

Er schwieg und schien einen Augenblick freier aufzuatmen; aber er versank sofort wieder in sich. »Eben weil ich schon so vieles überwunden habe, kann ich es jetzt nicht mehr«, sagte er dumpf.

Ich hatte inzwischen nach der Uhr gesehen. »Sie wollen schon fort?« fragte er in einem Tone, der mir bewies, daß er nichts dagegen habe.

»Jawohl; es ist Zeit.«

»Wenn Sie erlauben, werde ich Sie ein Stück begleiten«, sagte er, indem er mir Hut und Stock reichte.

»Das wird mir sehr angenehm sein.«

Draußen im Laden bezahlte ich Herrn Wassertrilling den ungenossenen Rotwein; dann gingen wir durch den Ort und bogen in die Landstraße ein.

Der Himmel war finster. Ein leichter Wind strich durch die entlaubten Wipfel der hohen Pappeln, die sich rechts und links hinzogen; aus der Ferne schimmerten uns vereinzelte trübe Lichter entgegen.

Bei einer Martersäule, die mit ihrem weißen Anstrich aus dem Dunkel hervorleuchtete, blieb Bacher stehen. »Hier kehre ich um«, sagte er.

»Leben Sie wohl – und gedenken Sie meiner Worte.«

Er erwiderte nichts und zuckte seufzend mit den Achseln.

Bald war er hinter mir verschwunden, und ich schritt allein durch die Nacht.

# IV

Frühlingsstürme brausten ins Land. Wie vor Feuers Glut schmolzen die weißen Schichten, die noch auf den Höhen lagen, und ringsumher begann ein Tropfen, Rieseln und Rauschen, während das sonst so träge Flüßchen, in welches alle freigewordenen Wasser mündeten, hohen Schwalles dahinschoß. Inzwischen hatte es auch heftig und andauernd zu regnen begonnen, so daß die Gefahr eines Hochwassers in Aussicht kam und manche Anstalt getroffen wurde, die Ufergegenden nach Möglichkeit zu sichern.

In dieser Zeit fuhr bei meiner Behausung ein Wagen vor, dem ein bejahrter Herr entstieg. Es war der Notar aus dem Marktflecken. Er sagte, daß er sich erlaube, im Interesse Bachers zu erscheinen, der sich in dem bedauerlichsten Gemütszustande befinde. Er erscheine nicht mehr in der Kanzlei, bringe halbe Tage bei dem Grabe seines Hundes, die übrige Zeit aber in der sogenannten Weinstube des Kaufmanns Wassertrilling zu, wo er sich mehr und mehr dem Genusse geistiger Getränke ergebe. »Wohin soll das führen?« schloß der Notar. »Schon jetzt fristet er, soviel ich weiß, sein Dasein vom Verpfänden und Verkaufen seiner wenigen Habseligkeiten, und wenn dies noch eine Zeitlang so fortgeht, ist ihm auch ein entsetzliches Ende gewiß.«

Ich erschrak über diese Mitteilungen; aber ich wurde davon nicht überrascht. Ich sagte dies auch ganz offen dem Notar, indem ich auf das Resultat meines letzten Zusammenseins mit Bacher hinwies.

»Ja, ich weiß«, erwiderte der Notar, »daß Sie ihn vor einiger Zeit aufgesucht; ich war damals gerade in einer amtlichen Funktion abwesend. Aber ich möchte Sie dennoch bitten, mit mir zu fahren und noch eine letzte Anstrengung zu machen. Auf meine Worte gibt er, wie ich gesehen habe, nichts. Sie jedoch gelten sehr viel bei ihm, und vielleicht hat es doch einigen Erfolg, wenn Sie ihm tüchtig ins Gewissen reden.«

»Nun, ich will es tun, obgleich ich fürchten muß, daß ihn mein Anblick nur noch tiefer in seinen Jammer hineintreibt. Denn ich bin ja, wie Ihnen bekannt sein dürfte, gewissermaßen selbst mit dem Schicksale verflochten, das ihn getroffen.«

»Er hat mir davon erzählt, und in der Tat ist es ein eigentümliches Schicksal«, fuhr der Notar nachdenklich fort. »Er war seit jeher ein unglücklicher Mensch, der sich und andern vielen Kummer bereitet hat. Den meisten wohl seiner Mutter, die ich gekannt habe und welche eine vortreffliche Frau war. Aber ihrem Sohne gegenüber erwies sie sich äußerst schwach und mochte den eigenwilligen Jungen wohl über Gebühr verhätschelt haben. Als Bacher mit seinen dichterischen Hoffnungen gescheitert war, traf ich ihn zufällig in der nächsten Kreisstadt, wo er seine Kindheit verbracht hatte, und da er nicht wußte, was er nunmehr mit sich anfangen sollte, so nahm ich ihn in meine Kanzlei – und behielt ihn auch, obwohl er kein sehr emsiger und verläßlicher Arbeiter war. Auch glaubte ich schon damals zu bemerken, daß er trinke, und zwar, wie ich annahm, um schmerzliche Erinnerungen zu betäuben. Nachdem er aber den Hund zu sich genommen hatte, ging mit ihm eine merkwürdige Veränderung vor. Er wurde sparsam und nüchtern, bekam Lust und Liebe zu seiner Beschäftigung, und da er ja ein begabter Kopf ist, so zeigte er auch plötzlich eine höchst glückliche Auffassung in Dingen meines eigenen Berufes, so zwar, daß ich für ihn die besten Hoffnungen faßte und schon daran dachte, ihn mit der Zeit zu meinem Konzipienten machen zu können. Da wird ihm sein Hund erschossen, und alles ist aus und nun treibt er dem Untergange entgegen. Aber wir dürfen es nicht darauf ankommen lassen, wir müssen ihn um jeden Preis zu retten suchen. Kommen Sie! Wir haben jetzt gerade die Zeit vor uns, um welche wir ihn im Laden des Kaufmanns treffen.«

Wir stiegen in den Wagen und fuhren, während uns auf der Landstraße Wind und Regen von der Seite anfielen, nach dem Marktflecken, wo wir vor dem Laden des Herrn Wassertrilling hielten. Dort wurde uns jedoch die Mitteilung, daß Bacher nicht anwesend sei. Er würde aber ganz gewiß noch kommen, denn bis jetzt sei er keinen Tag ausgeblieben.

Wir hinterließen den Auftrag, uns sofort von seinem Erscheinen zu benachrichtigen, und begaben uns in ein nahegelegenes Gasthaus, wo sich die Honoratioren des Ortes gewöhnlich abends einzufinden pflegten.

Nachdem wir dort fast zwei Stunden fruchtlos gewartet hatten, begaben wir uns noch einmal nach dem Laden. Es hieß, Bacher sei noch immer nicht erschienen.

»Da wollen wir denn doch in seiner Wohnung nachsehen«, sagte der Notar.

Es war mittlerweile dunkel geworden, und wir lenkten unsere Schritte nach einem engen Seitengäßchen, das nur aus hüttenähnlichen kleinen Häusern bestand und ins freie Feld hinausführte. Vor einem der letzten Häuser stand der Notar still und klopfte an ein matt erleuchtetes Fenster. Ein Teil des Vorhanges lüftete sich; der Notar rief einige Worte in slawischer Sprache hinein, worauf die Tür geöffnet wurde und ein Weib auf der Schwelle erschien, das meinem Begleiter eine mir nicht verständliche Mitteilung machte.

»Er ist heute schon mit dem frühesten fort«, sagte jetzt der Notar zu mir, »und nicht wieder nach Hause gekommen. Zudem soll er gestern eine sehr üble Nacht gehabt und in einem fort gestöhnt und gejammert haben.«

Ich schwieg; eine düstere Ahnung stieg in mir auf.

Der Notar schien diese zu teilen. »Wenn er nur nicht etwa –«

»Ich fürchte es fast.«

Wir fragten noch einmal im Laden nach und kehrten dann in das Gasthaus zurück, wo eben die Kunde angelangt war, daß der Fluß ausgetreten sei und die nächste Brücke weggerissen habe.

Ich sah den Notar an und sagte: »Vielleicht wurde ihm dadurch der Heimweg abgeschnitten?«

»Wohl möglich, wenn er sich am andern Ufer befand.«

»Dort ist das Grab des Hundes, und Sie sagten ja...«

»Allerdings. Wir müssen eben abwarten, was der morgige Tag bringt. Ich bedaure nur, daß Sie jetzt unverrichteter Dinge wieder zurückfahren sollen. Hätte ich nicht Verwandte als Gäste bei mir, so würde ich mir erlauben, Ihnen ein Nachtlager anzubieten.«

»Sie sind sehr freundlich. Aber wissen Sie was? Ich werde jedenfalls die Nacht hier zubringen, um morgen sofort zur Hand zu sein. Wir dürfen Bacher, wenn er zurückkehrt – und ich will es noch hoffen – nicht mehr entschlüpfen lassen. Es wird wohl in diesem Gasthause ein Zimmer zu haben sein?«

»Gewiß, aber wie es aussehen wird...«

»Gleichviel; für einmal wird es hinzunehmen sein.«

Wir mischten uns nun in das Gespräch der übrigen Gäste, die sich hier sehr lebhaft vom Hochwasser unterhielten, welches, da alle menschlichen Ansiedelungen in gesicherter Entfernung lagen, durchaus nichts Schreckhaftes hatte und nur den mehr oder weniger ausgesetzten Kulturen einigen Schaden zufügen konnte. Dabei wurde es endlich zehn Uhr, und die Anwesenden entfernten sich nach und nach, zuletzt auch der Notar, indem er versprach, morgen früh bei mir zu erscheinen.

Ich blieb noch allein sitzen; dann ließ ich mich nach meinem Zimmer führen, das man mittlerweile geheizt hatte. Es war in der Tat sehr primitiv eingerichtet, aber ziemlich sauber gehalten. Da der kleine Raum wahrscheinlich den ganzen Winter hindurch nicht bewohnt gewesen, so herrschte hier trotz des Feuers, das in einem kleinen eisernen Ofen pustete, eine empfindliche Kälte, und ich bestellte heißen Grog, den ich nach längerem Warten erhielt. Dann brannte ich eine Zigarre an und ging auf und nieder. Von Zeit zu Zeit blieb ich beim Fenster stehen und blickte in die Nacht hinaus, die sich mit undurchdringlichem Dunkel ausbreitete. Der Regen hatte aufgehört; ringsum war tiefe Stille; nur wenn ich tief und anhaltend lauschte, vernahm ich in der Ferne ein dumpfes, unheimliches Brausen.

Meine Phantasie beschäftigte sich natürlich mit Bacher, und es war mir, als säh' ich ihn in der Finsternis beim Grabe seines Hundes – und dann wieder am Rande der ausgetretenen Wasser hin und her irren.

Die Flammen im Ofen waren längst erloschen und die Lichter herabgebrannt. Fröstelnd warf ich mich angekleidet aufs Bett und versuchte einzuschlafen, was mir auch endlich gelang.

Es war etwa sieben Uhr morgens, als ich von hereinfallendem Sonnenschein geweckt wurde. Der Himmel hatte sich aufgeklärt, und im Hause, sowie unten auf dem Platze regte sich das Leben des Tages.

Nach einiger Zeit kam der Notar. »Er ist noch nicht nach Hause gekommen«, sagte er.

»Nun, es ist ja noch früh«, erwiderte ich. »Wenn er irgendwo in der Umgebung die Nacht zugebracht hat, so kann er auch füglich noch nicht zurück sein. Ich denke, wir gedulden uns bis Nachmittag, bevor wir das Schlimmste annehmen.«

Der Notar leistete mir beim Frühstück Gesellschaft; dann begaben wir uns auf eine nahe Anhöhe, von welcher aus wir die Überschwemmung in Augenschein nehmen konnten.

Die Niederung war zum Teil in einen See verwandelt. Ein frischer Wind kräuselte die schimmernde Wasserfläche und bewegte die Wipfel der Bäume, die aus der Flut hervorragten.

Auch die Wiese, auf der Tambi zum letzten Male gejagt hatte, stand unter Wasser; die Mühle nahm sich wie die Arche Noahs aus. Unwillkürlich faßte ich die Höhe ins Auge, wo der tödliche Schuß gefallen war. Ich wies auch den Notar darauf hin und sagte: »Wie wär' es, wenn wir dort drüben nachsehen?«

»Da müßten wir einen ziemlichen Umweg nehmen. Wenn Sie wollen, lasse ich einspannen. Jedenfalls bringen wir den Vormittag damit hin, und wenn Bacher bis zu unserer Rückkehr nicht eingetroffen ist, so werde ich den Postenkommandanten der Gendarmerie ins Vertrauen ziehen.«

Wir fuhren also etwa eine halbe Stunde die Landstraße hinauf bis zum nächsten Orte, wo wir bequem übersetzen konnten. Dann stiegen wir zum Walde empor, an dessen Rande wir jenseits zurückkehrten.

Unter anderen Umständen wäre dieser Gang ein entzückender gewesen. Eine würzig feuchte Luft wogte uns aus den sausenden Wipfeln an; lieblich erschallten frühe Vogelstimmen, und über dem Lande lag der erste Schimmer des Lenzes. Aber unsere Stimmung war ernst und gedrückt, und so schritten wir nachdenklich auf dem moosigen Pfade weiter.

Endlich sahen wir das Plateau mit der Remise vor uns, deren helles Grün im Sonnenschein funkelte. Der Platz war leer und still, und einsam und verlassen ragte das kleine Grab unter der Föhre auf.

Wir gingen darauf zu. »Da liegt ein Hut!« rief ich. Zwischen kahlem Gesträpp in der Nähe des Baumes kam er zum Vorschein.

Der Notar hob die abgegriffene und durchnäßte Kopfbedeckung mit seinem Stock empor.

»Das ist der Hut Bachers.«

Wir riefen mit lauter Stimme seinen Namen. Aber niemand antwortete; nur ein leises, klagendes Echo schien aus dem Walde zurückzutönen.

Nun stand in uns die Überzeugung fest, daß der Ärmste den Tod gesucht und gefunden habe. Die Möglichkeit einer Überraschung durch das Hochwasser bei der Heimkehr im Dunkeln blieb allerdings nicht völlig ausgeschlossen; aber der zurückgelassene Hut schien gegen diese Annahme zu sprechen. Wie es sich damit auch mochte verhalten haben, Tatsache war es, daß man noch am selben Tage seinen Leichnam bei der Schleuse eines nahen Hammerwerkes angeschwemmt fand.